饒宗頤書虢季子白盤銘

饒宗頤

商務印書館

【饒宗頤書法叢帖】㈠

饒宗頤書虢季子白盤銘

作　者：饒宗頤
責任編輯：黎彩玉
出　版：商務印書館（香港）有限公司
香港筲箕灣耀興道3號東滙廣場8樓
http://www.commercialpress.com.hk
印　刷：美雅印刷製本有限公司
九龍觀塘榮業街6號海濱工業大廈4樓A
版　次：二〇〇〇年十一月初版

ISBN 962 07 4357 1

饒宗頤 簡介

一九一七年生於廣東潮州。字固庵，號選堂。自幼嫻習書畫，早年從金陵楊栻游，獲觀楊家珍藏任頤真蹟數十幅，細心揣摹，得益良多，其人物、山水皆植基於此。

弱冠後專心治學，歷在印度班達伽東方研究所、法國科學研究中心從事研究，遠東學院院士，香港大學中文系、新加坡國立大學中文系、香港中文大學中文系、藝術系教授、講座教授、系主任，美國耶魯大學、法國巴黎高等研究院等院校教授。

一九六二年獲法國法蘭西學院頒發漢學儒蓮獎、一九八零年被選為巴黎亞洲學會榮譽會員。一九八二年獲香港大學頒授榮譽文學博士。近年又獲嶺南大學、香港公開大學贈予文學博士。一九九三年法國索邦高等研究院授予歷史性第一個華人榮譽人文科學國家博士。同年，法國文化部頒贈高等藝術文化勳章。二零零零年七月獲香港特區政府頒授大紫荊勛章。

現為香港中文大學中文系榮休講座教授、藝術系偉倫講座教授、香港大學、北京大學、南京、武漢、復旦、中山、廈門、首都師大等校名譽教授。

饒教授已出版的各類專著逾七十部，發表論文四百餘篇，其中包括專著與畫冊《敦煌白畫》、《敦煌書法叢刊》（二十九冊）、《畫𩑈》、《虛白齋藏書畫錄》、《黄公望〈富春山居圖〉及其臨本》、《選堂書畫選集》、《符號、初文與字母——漢字樹》等。

序言

鄧偉雄

歷代書家，多以擅工一體名世，唯趙孟頫、文徵明，兼能眾體。然因時代所限，未能窺見甲骨之文，亦罕見三代吉金銘文之神彩，故於上古書體未能深究。

饒宗頤教授生當地不愛寶之世，殷墟甲骨、三代吉金、流沙墜簡、兩漢帛書、敦煌經卷相繼出土，皆前人所未觀之奇跡。而饒教授治學，廣泛採取出土文物為資料，而於各種上古書跡，心摹手追，皆得其神理。此冊書虢季子白盤銘，足見其於上古大篆筆法，鑽研之深。

虢季子白盤是春秋年代之青銅重器，自清代出土以來，其銘文書法，深為金石書家所重視，臨摹者不少，其中尤以吳大澂為著名。吳氏臨本，工整沉厚，而不着意在古篆錯落參差之神態，是臨寫古篆之一途徑。

饒教授書上古文字，多用拙樸瘦硬之筆，追求金文寓規矩於參差之美。又以行草行筆，融入古篆之中，與吳昌碩之寫石鼓，金息侯之寫草體金文，有異曲同工之妙，亦是當代金文書家之迴異時流者。

號
季
子

白盤銘

道書題

隹十又
二年正月

子白乍
寶盤不

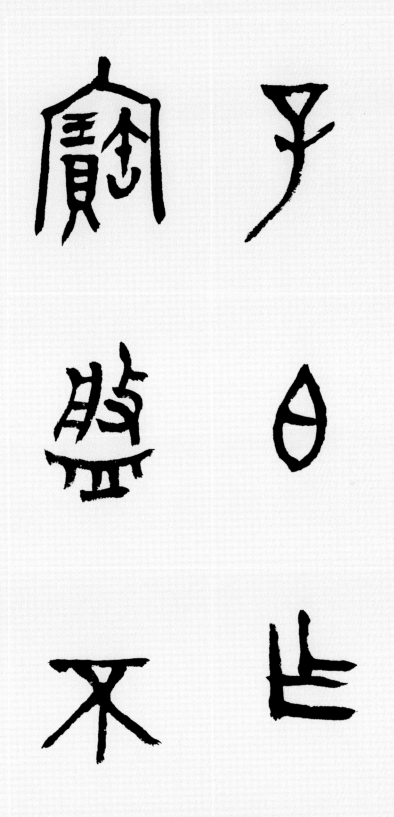

我工經
維三方

搏伐厰狁于洛

之陽析

皆吾降

乙　　蘇

芳　　平

北　　是

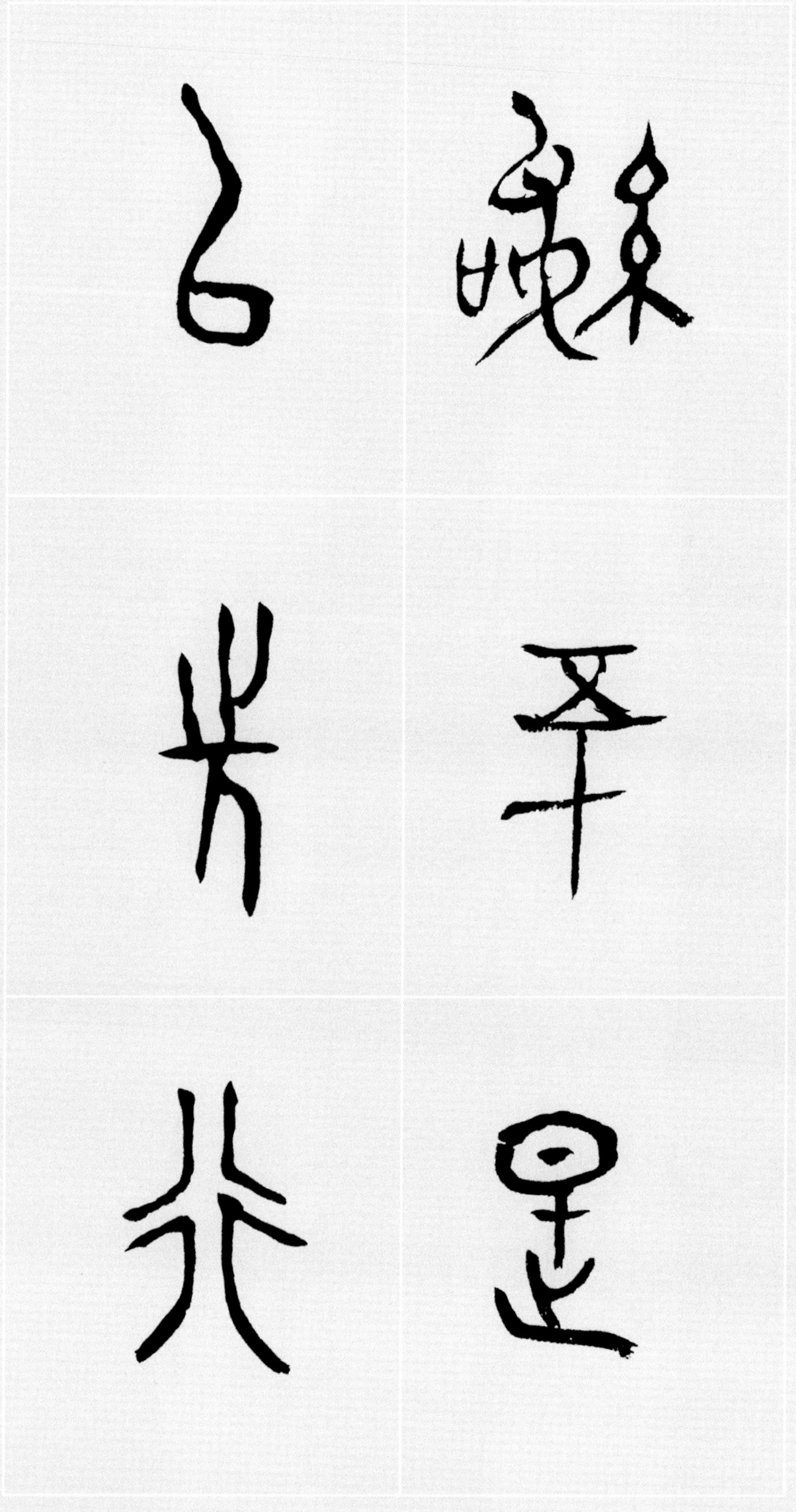

𧺝𧺝子白
獻戉于

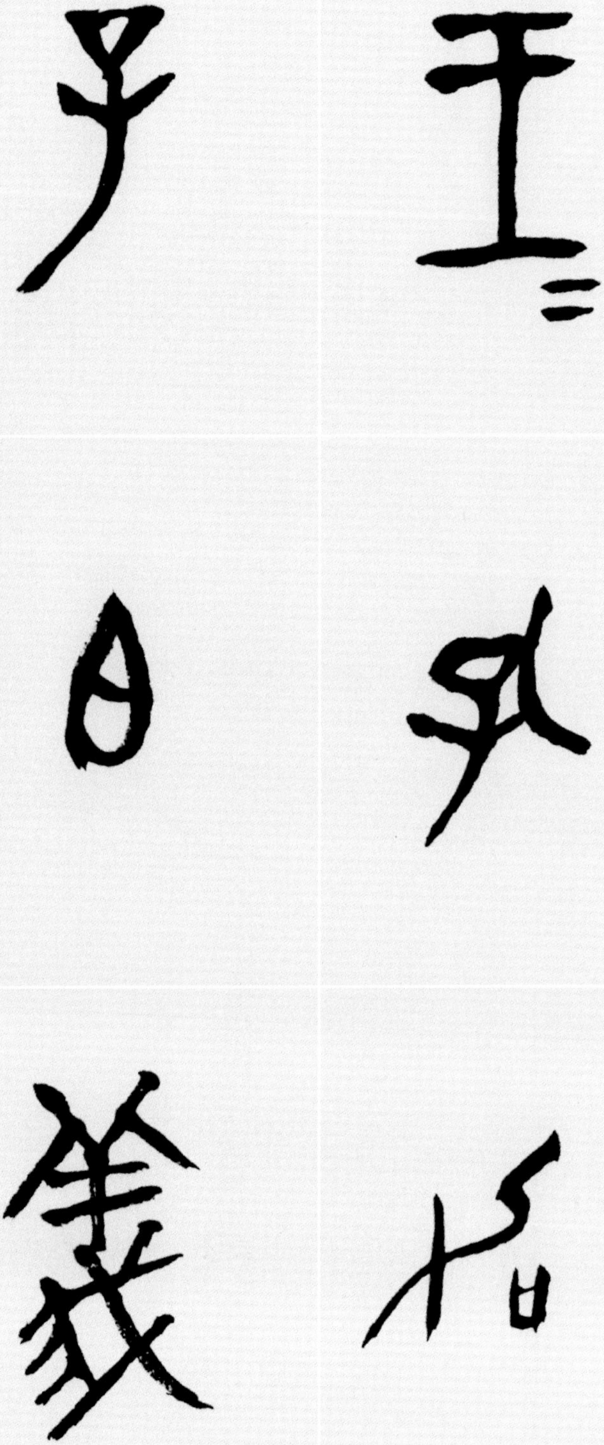

王各周
廟宮家

年
卿
王
曰
白
之

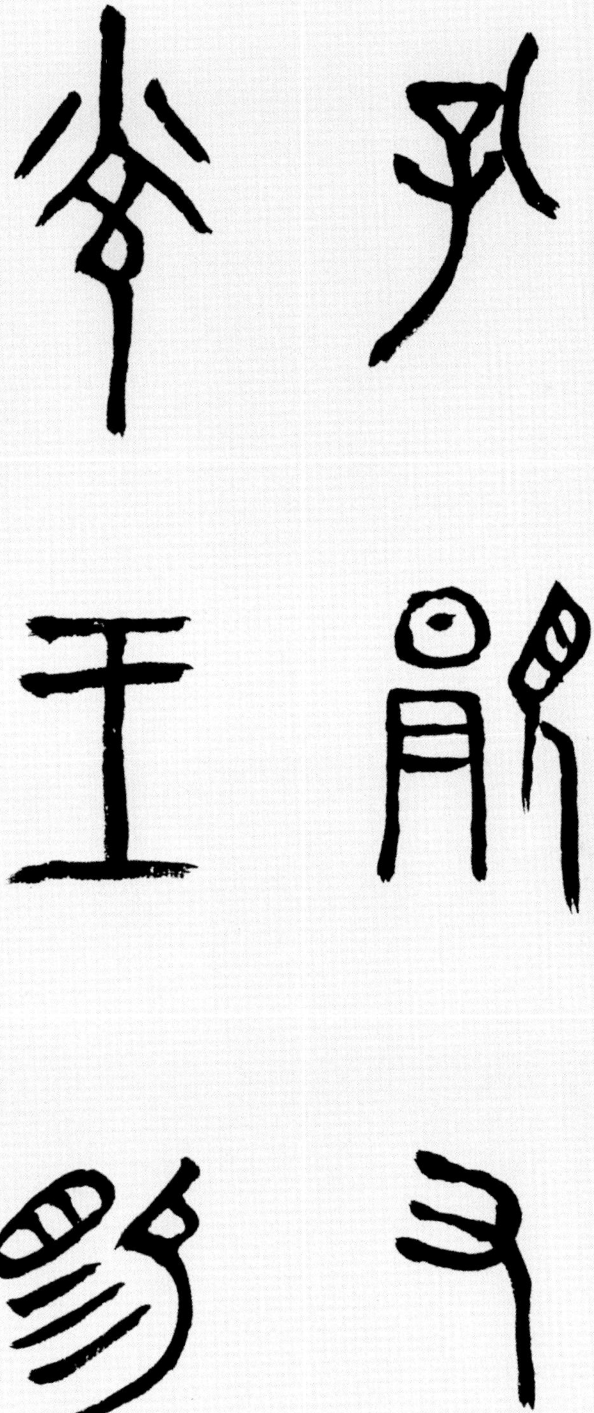

乘馬是
用左王

易用弓
彤矢其

央易用
戉用政

䜌方子=
孫=是保

無疆

虢季子白盤道光十八年郿縣禮邨出土文體與近詩六月采芑行筆圓勁大篆之劇迹也庚辰清和選堂

虢季子白盤銘

隹(唯)十又二年　正月初吉丁亥　虢季子
白乍(作)寶盤　不(丕)顯子白　貲(壯)武于戎工
經縷(維)四方　博(搏)伐厰(玁)執(狁)　于洛之陽
折首五百　執訊五十　是以先行　趄趄子白
獻聝(馘)于王　王孔加子白義　王各(格)周廟宣廚
爰鄉(饗)　王　曰白父　孔覭(顯)又(有)光　王睗(賜)乘馬
是用左(佐)王　睗(賜)用弓彤矢　其央　睗(賜)用戉(鉞)
用政(征)䜌(蠻)方　子子孫孫　萬年無疆

余習顏書先從大字麻姑仙壇入手又執
贄於蔡夢霞先生命參學魏碑若張猛龍爨
龍顏寫數千遍故略窺北碑塗徑歐陽率
更尤所鍾情後學鍾王中歲去法京見唐拓
化度寺溫泉銘金剛經諸本臨之所悟枕饋既
久故於敦煌書法亦有著論所得至淺實陋

自大篆演為今隸，兩漢碑碣實足標異。百年來地不愛寶，簡冊真跡屢出，發人神智。清世以碑帖為二學，應合此為三，已成鼎足之局。法書學者又不措意乎。以上五種皆為日課，合為一轍。書之體態繁賾，須兼臨摹，以轉益多師，而骨力必由己出。略記學書經過於此，求教於大雅君子。時蒼龍庚辰端午，選堂書於梨俱室。

跋

饒宗頤

余髫齡習書，從大字麻姑仙壇入手。父執蔡夢香先生，命參學魏碑。於張猛龍爨龍顏寫數十遍，故略窺北碑塗徑。歐陽率更尤所酷嗜。復學鍾王。中歲在法京見唐拓化度寺、温泉銘、金剛經諸本，彌有所悟。枕饋既久，故於敦煌書法，妄有著論，所得至淺。嘗謂自大篆演為今隸，兩漢碑碣，實其橋梁。近百年來，地不愛寶，簡冊真跡，更能發人神智。清世以碑帖為二學。應合此為三，已成鼎足之局。治書學者，可不措意乎？以上五種皆為日課，合為一輯，書之體態繁賾，須事臨摹，以增益多師，而骨力必由己出。略記學書經過於末，求教於大雅君子。時蒼龍庚辰端午選堂書於梨俱室。